# TABLEAU
# DES MEMBRES

COMPOSANT

LA R∴ ☐ DE SAINT-JEAN,

SOUS LE TITRE DISTINCTIF

DE LA

# PARFAITE HARMONIE

## A L'O∴ DE MULHOUSE,

à l'époque du 1er jour du 1er mois de l'an de la V∴ L∴ 5853.

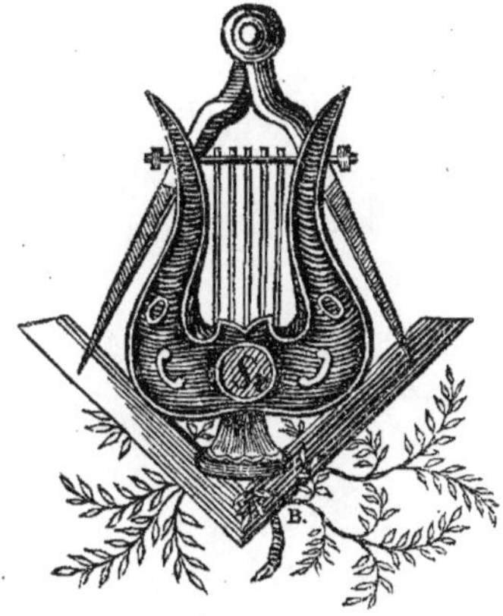


**MULHOUSE,**

IMPRIMERIE DE P. BARET, PLACE DE LA BOURSE, N° 2.

**Mars 1853.**

# TABLEAU
# DES MEMBRES

COMPOSANT

LA R∴ □ DE SAINT-JEAN,

**SOUS LE TITRE DISTINCTIF**

DE LA

# PARFAITE HARMONIE

## A L'O∴ DE MULHOUSE,

à l'époque du 1er jour du 1er mois de l'an de la V∴ L∴ 5853.

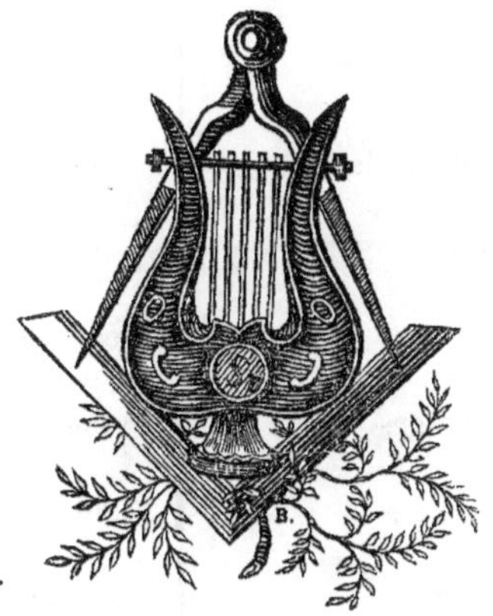

**MULHOUSE,**
IMPRIMERIE DE P. BARET, PLACE DE LA BOURSE, No 2.

**Mars 1853.**

| NOMS DE | | LIEUX | RÉSID. |
|---|---|---|---|
| FAMILLE. | BAPTÊME. | DE NAISSANCE. | DES F.·. F.·. |
| | | | OFFICIERS |
| **Dollfus-Ausset** | Daniel | Mulhouse | Mulhouse |
| **Boeringer** | Henry | Id. | Id. |
| **Dollfus** | Daniel | Id. | Id. |
| **Stackler** | Xavier | Battenheim | Id. |
| **Zipelius** | Georges | Mulhouse | Id. |
| **Zetter** | Georges | Id. | Id. |
| **Baumgartner** | André fils | Id. | Id. |
| **Gerber** | Jean | Id. | Id. |
| **Abt** | Jean | Riedisheim | Id. |
| **Schieb** | Georges | Mulhouse | Id. |
| **Herrmann** | Georges | Rixheim. | Id. |
| **Michel** | Auguste | Strasbourg | Id. |
| **Benner-Lischy.** | Jean | Mulhouse | Id. |
| **Guerre** | Josué | Id. | Id. |
| **Lischy** | Jean-Jacques | Id. | Id. |
| **Thierry** | Henry | Id. | Id. |

| QUALITÉS | | DATES |
|---|---|---|
| CIVILES. | MAÇONNIQUES. | DE LA RÉCEPTION. |
| **DIGNITAIRES.** | | |
| Fabricant | *Vénérable* en exercice, S.·. P.·. R.·. †.·., Membre honoraire de la R.·. ▭.·. Amitié et Constance à l'O.·. de Bâle. | In.·. 30. VII. 5824. |
| Négociant | *Premier Surveillant*, S.·. P.·. R.·. †.·., Membre de la R.·. ▭.·. Union et Sincérité à l'O.·. de St.-Dizier. | Aff.·. 15. XII. 5838. |
| Fabricant | *Second Surveillant*, M.·.. | In.·. 16. XI. 5844. |
| Dr en médecine | *Orateur*, M.·.. | In.·. 19. XI. 5843. |
| Dessinateur | *Adjoint* à l'Orateur, M.·.. | In.·. 10. II. 5840. |
| Négociant | *Secrétaire*, M.·.. | In.·. 16. VII. 5842. |
| Ingr-mécanicien | *Adjoint* au Secrétaire, M.·.. | In.·. 15. VII. 5848. |
| Négociant | *Trésorier*, M.·.. | In.·. 2. IV. 5848. |
| Id. | *Premier Maître des Cérémonies*, M.·.. | In.·. 5. VII. 5843. |
| Maître-tonnelier | *Second Maître des Cérémonies*, M.·.. | In.·. 3. III. 5850. |
| Dessinateur | *Premier Expert*, M.·.. | In.·. 3. VII. 5347. |
| Instituteur | *Deuxième Expert et Bibliothécaire*, M.·.. | In.·. 20. I. 5847. |
| Négociant | *Hospitalier-Elémosinaire*, M.·.. | In.·. 20. X. 5824. |
| Rentier | *Architecte-Décorateur-Eco.·.* M.·.. | In.·. 8. I. 5844. |
| Négociant | *Garde-des-Sceaux, Timbres et Archives* S.·. P.·. R.·. †.·. | In.·. 5. I. 5809. |
| Ingr-mécanicien | *Préparateur*, M.·.. | In.·. 17. X. 5835. |

| NOMS DE | | LIEUX | RÉSID.·. |
|---|---|---|---|
| FAMILLE. | BAPTÊME. | DE NAISSANCE. | DES F.·. F.·. |
| | | | **OFFICIERS** |
| **Braun** | Adolphe | Besançon | Mulhouse |
| **Romann** | Jean | Mulhouse | Id. |
| **Zeysolf** | Jean | Gertwiller | Id. |
| **Minal** | Adolphe | | Paris |

| QUALITÉS | | DATES |
|---|---|---|
| CIVILES. | MAÇONNIQUES. | DE LA RÉCEPTION. |
| IGNITAIRES. | | |
| essinateur | *Préparateur-Adjoint,* M.·. | In.·. 15 x. 5845. |
| aître-d'hôtel | *Couvreur,* M.·. | In.·. 5. IX. 5847. |
| arch$^{d}$ de vin | *Couvreur-Adjoint,* M.·. | In.·. 7. IV. 5850. |
| égociant | *Représentant* au G.·. O.·. de F.·. | Aff.·. 6. XI. 5852. |

| NOMS DE | | LIEUX | RÉSID.·. |
|---|---|---|---|
| FAMILLE. | BAPTÊME. | DE NAISSANCE. | DES FF.·.F... |
| | | | **MEMBRES** |
| **Koechlin-Schouch** | Daniel | Mulhouse | Mulhouse |
| **Heilman-Vetter** | Jacques | Id. | Id. |
| **Koechlin** | André | Id. | Id. |
| **Schlumberger** | Jean | Id. | Id. |
| **Hofer** | Jean-Henry | Id. | Id. |
| **Dollfus** | Emile | Id. | Id. |
| **Thierry** | Pierre | Id. | Id. |
| **Dettwiller** | David | Ste-Marie-a/Mines | Id. |
| **Schmerber** | Jean-Georges | Mulhouse | Id. |
| **Koechlin** | Jules | Id. | Id. |
| **Baret** | Pierre | Boulogne-s/Mer | Id. |
| **Gunther** | Frédéric | Strasbourg | Id. |
| **Huguenin** | Louis | Besançon | Id. |
| **Schoen** | Jean de Frédéric | Mulhouse | Id. |

| QUALITÉS | | DATES |
|---|---|---|
| CIVILES. | MAÇONNIQUES. | DE LA RÉCEPTION. |
| TIFS. | | |
| bricant | *S.·. P.·. R.·.* †.·., Membre de la R.·. □.·. des Amis Indivisibles à l'O.·. de Paris. | Fondateur. |
| Id. | *S.·. P.·. R.·.* †.·., Membre de la R.·. □.·. de la Sincère Amitié à l'O.·. de Lyon. | Fondateur. |
| Id. | M.·.. | In.·. 2. XII. 5810. |
| Id. | *S.·. P.·. R.·.* †.·., Membre du S.·. Chap.·. des Frères Réunis à l'O.·. de Strasbourg. | In.·. 2. VII. 5812. |
| omètre | M.·.. | Aff.·. 3. VI. 5824. |
| bricant | *S.·. P.·. R.·.* †.·., Membre du S.·. Chap.·. des Frères Réunis à l'O.·. de Strasbourg, Membre honoraire de la R.·. □.·. Amitié et Constance à l'O.·. de Bâle, décoré d'un maillet d'honneur. | In.·. 5. IV. 5824. |
| gociant | M.·., Membre honoraire de la R.·. □.·. Amitié et Constance à l'O.·. de Bâle. | In.·. 18. XII. 5826. |
| Id. | M.·.. | In.·. 2. III. 5827. |
| -tanneur | M.·.. | In.·. 21. II. 5833. |
| bricant | M.·., Membre de la R.·. □.·. de Saint-Louis de la Martinique des Frères Réunis à l'O.·. de Paris. | Aff.·. 2. VII. 5835. |
| pographe | M.·.. | In.·. 8. VIII. 5835. |
| chitecte | M.·.. | In.·. 5. IX. 5835. |
| bricant | *S.·. P.·. R.·.* †.·. | Aff.·. 15. IX. 5835. |
| gociant | M.·.. | In.·. 15. IX. 5835. |

| NOMS DE | | LIEUX | RÉSID.·. |
|---|---|---|---|
| FAMILLE. | BAPTÊME. | DE NAISSANCE. | DES F.·. F.·. |
| | | | MEMBRES |
| **Heilmann** | Edouard | Mulhouse | Mulhouse |
| **Heilmann** | Jean-Charles | Id. | Id. |
| **Heilmann** | Albert | Id. | Id. |
| **Karcher** | Louis | Schlestadt | Id |
| **Koechlin** | Eugène | Mulhouse | Id. |
| **Dardel** | Claude | Lyon | Id. |
| **Grosjean** | Emile | Mulhouse | Id. |
| **Suchard** | Auguste | Boudry | Id. |
| **Koechlin-Dollfus** | Jean | Mulhouse | Id. |
| **Jungnickel** | Charles | Leipzig | Id. |
| **Kohler** | Jean | Mulhouse | Id. |
| **Koenig** | Charles | Id. | Id. |
| **Grosrenaud** | Charles | Id. | Id. |
| **Entz** | Henry | Id. | Id. |
| **Schaere** | Jean-Baptiste | Delle | Id. |
| **Hofer** | Charles | Mulhouse | Id. |

| QUALITÉS | | DATES |
|---|---|---|
| CIVILES. | MAÇONNIQUES. | DE LA RÉCEPTION. |
| **CTIFS.** | | |
| 'abricant | M.·.. | In.·. 26. IX. 5835. |
| Id. | M.·., Membre honoraire de la R.·. ▭.·. Amitié et Constance à l'O.·. de Bâle. | In.·. 24. X. 5835. |
| Id. | M.·., Membre de la R.·. ▭.·. des Amis de la Sagesse à l'O.·. de Paris. | Aff.·. 24. X. 5835. |
| ondr des ponts et chaussées | M.·.. | In.·. 3. I. 5836. |
| abricant | M.·.. | In.·. 7. II. 5836. |
| essinateur | M.·.. | In.·. 21. V. 5836. |
| abricant | M.·.. | In.·. 4 XII. 5836. |
| égociant | M.·., Membre de la R.·. ▭.·. de la Trinité indivisible à l'O.·. de Paris. | Aff.·. 5. XII. 5836. |
| abricant | M.·.. | In.·. 25 I. 5838. |
| rofr de musique | M.·.. | In.·. 15. XII. 5838. |
| égociant | M.·.. | In.·. 3. III. 5839. |
| gent de change | M.·.. | Aff.·. 5, IV. 5840. |
| essinateur | A.·.. | In.·. 14. VI. 5840. |
| égociant | M.·.. | In.·. 13. IX. 5840. |
| rchitecte-voyer | A.·.. | In.·. 11 X. 5840. |
| égociant | M.·.. | In.·. 8. III. 5841. |

| NOMS DE | | LIEUX | RÉSID.·· |
|---|---|---|---|
| FAMILLE. | BAPTÊME. | DE NAISSANCE. | DES F.·. F.·. |
| | | | MEMBRES |
| **Gros** | Aimé | Wesserling | Wesserling |
| **Bernard** | Victor | Munster | Mulhouse |
| **Hartmann** | Jules | Mulhouse | Id. |
| **Tournier** | Jean | Mulhouse | Mulhouse |
| **Fraengle** | Conrad | Guebwiller | Id. |
| **Choquin** | Jean-Guillaume | Wissembourg | Id. |
| **Perret** | Joseph | Fontaine | Fontaine |
| **Jülg** | Emile | Masseveaux | Bitschwiller |
| **Beugniot** | Edouard | Id. | Mulhouse |
| **Dollfus** | Gustave | Mulhouse | Id. |
| **Muller** | Emile | Altkirch | Id. |
| **Dollfus** | Charles | Mulhouse | Altkirch |
| **Binz** | Antoine | Trêves | Mulhouse |
| **Fromm** | Hugo | Eilenbourg | Id. |
| **Ostier** | Louis | Kaiserslautern | Id. |
| **Kullmann** | Auguste | | Id. |
| **Baumgartner** | Jean | Mulhouse | Id. |

| QUALITÉS | | DATES |
|---|---|---|
| CIVILES. | MAÇONNIQUES. | DE LA RÉCEPTION. |
| ACTIFS. | | |
| Fabricant | M.·. | In.·. 10. x. 5841. |
| Négociant | M.·. | Aff.·. 5. vi. 5342. |
| Id. | M.·. | In.·. 11. ix. 5842. |
| Graveur | A.·. | n.·. 21. vii. 5844. |
| Dessinateur | A.·. | In.·. 23. viii. 5846. |
| Bandagiste | M.·. | In.·. 17. ix. 5848. |
| Notaire | M.·. | In.·. 2. i. 5849. |
| ngr-mécanicien | M.·. | In.·. 15. i. 5850. |
| Id. | M.·. | In.·. 7. i 5851. |
| Id. | A.·. | In.·. 2. ii. 5852. |
| rchitecte | M.·. | In.·. 7. iii. 5852. |
| vocat | A.·. | In.·. 5. ix. 5852. |
| elieur | A.·. | In.·. 7. xi. 5852. |
| essinateur | A.·. | In.·. 4 xii. 5852. |
| égociant | A.·. | In.·. 26. xii. 5852. |
| Id. | M.·. | Aff.·. 26. xii. 5852. |
| Id. | M.·. | Aff.·. 26. xii. 5852. |

| NOMS DE | | LIEUX | RÉSID.·. |
|---|---|---|---|
| FAMILLE. | BAPTÊME. | DE NAISSANCE. | DES F.·. F.·. |
| | | | MEMBRES |
| **Saladin** | Eugène | St.-Denis | Paris |
| **Dinago** | François-Séraphique | Colmar | Colmar |
| **Muller** | Jean-Baptiste | | Lutterbach |
| **Wittersheim** | Adolphe | Hambourg | Marseille |
| **Espinasson** | Jean-Albert | | Rouen |
| **Thannberger** | Louis | | St.-Louis, États-Unis d'Am. |
| **Bernard** | Philippe | | Paris |
| **Dettwiller, fils** | David | Mulhouse | Paris |
| **Durot** | Louis | Claire-Goutte | Thann |
| **Weiss** | Mathias | Mulhouse | Paris |
| **Peters** | Albert | Berlin | |
| **Ritter** | Hypolite | | Ronchamp |
| **Dufau** | Alphonse | | |
| **Heilmann** | Rodolphe | Mulhouse | Manchester |
| **Daubréville** | J.-Ch. Léopold | | Paris |
| **Peters** | George-Guillaume | Berlin | |
| **Romann** | Charles | | Leipzig |

| QUALITÉS | | DATES |
|---|---|---|
| CIVILES. | MAÇONNIQUES. | DE LA RÉCEPTION. |
| ABSENS DE L'O.·. | | |
| Ingr-mécanicien | M.·. | Aff.·. 15. IX. 5835. |
| Ancien notaire | M.·. | In.·. 15. IX. 5835. |
| Docteur en méd. | M.·. | Aff.·. 3. II. 5836. |
| Négociant | A.·. | In.·. 8. I. 5838. |
| Chimiste | M.·. | In.·. 7. VII. 5838. |
| Négociant | M.·. | Aff.·. 3. III. 5839. |
| Professeur | A.·. | In.·. 2. XII. 5839. |
| Négociant | M.·. | In.·. 15. III. 5840. |
| Graveur | M.·. | In.·. 15. III. 5840. |
| Négociant | M.·. | In.·. 13. VIII. 5840. |
| Architecte | A.·. | In.·. 11. X. 5840. |
| Négociant | M.·. | In.·. 3. VII. 5841. |
| Adjudant-sous-officier au 18e léger. | A.·. | In.·. 29. VII. 5841. |
| Négociant | M.·. | In.·. 26. IX. 5841. |
| Ingénieur civil | A.·. | In.·. 5. VI. 5842. |
| Négociant | M.·. | In.·. 21. VIII. 5842. |
| Id. | M.·. | In.·. 9. X. 5842. |

| NOMS DE | | LIEUX | RÉSID.·. |
|---|---|---|---|
| FAMILLE. | BAPTÊME. | DE NAISSANCE. | DES F.·. F.·. |
| | | | **MEMBRES** |
| **Meyer** | Edouard | Colmar | Colmar |
| **Dervieux** | Joseph | Ensisheim | Thann |
| **Amberger** | Charles | Altkirch | Thann |
| **Ziegler** | Martin | Mulhouse | Barcelonne |
| **Cassal** | Philippe | Altkirch | Ferrette |
| **Rey** | Joseph | Bouxwiller (Ht-R. | Bouxwiller (Ht-R.) |
| **Soult** | François-Alexandre | Sentheim | Sentheim |
| **Schlund** | Philippe | Guebwiller | Bühl |

| QUALITÉS | | DATES |
|---|---|---|
| CIVILES. | MAÇONNIQUES. | DE LA RÉCEPTION. |
| **ABSENS DE L'O.·.** | | |
| Négociant | A.·. | In.·. 7. IX. 5845. |
| Notaire | M.·. | In.·. 8. III. 5846. |
| Principal du col. | A.·. | In.·. 4. IV. 5847. |
| Chimiste | A.·. | In.·. 8. VIII. 5847. |
| Ancien notaire | M.·. | In.·. 8. XI. 5847. |
| Propriétaire | A.·. | In.·. 2. I. 5849. |
| Notaire | M.·. | In.·. 5. II. 5850. |
| Direct. de tissage | M.·. | In.·. 19. II. 5850. |

| NOMS DE | | LIEUX | RÉSID.·. |
|---|---|---|---|
| FAMILLE. | BAPTÊME. | DE NAISSANCE. | DES FF.·.F. |
| | | | MEMB |
| **Grucker** | Jean-Gustave | Strasbourg | Strasbourg |
| **Braun** | Jean | Bâle | Bâle |
| **Silbermann** | G.-R. Henry | Strasbourg | Strasbourg |
| **Lehr** | Paul | Mulhouse | Id. |
| **Petit-Didier** | Hypolite | St.-Dié | Ste-Marie-a/ |
| **Giraudeau** | Jules | Tours | Paris |
| **Pfander** | Jean-Jacques | Bâle | Bâle |
| **Pollet** | | | Paris |

| QUALITÉS | | DATES |
|---|---|---|
| CIVILES. | MAÇONNIQUES. | DE LA RÉCEPTION. |
| NORAIRES. | | |
| ;ociant | Sub.·. Pri.·. du Royal Secret. 32e dégré. | 30. X. 5825. |
| Id. | M.·., Membre de la R.·. ▭ .·. Amitié et Constance à l'O.·. de Bâle. | 3. X. 5825. |
| rairie | Sub.·. P.·. du R.·. Sec.·. 32e deg.·. Membre de la R.·. ▭ .·., du Souv.·. Chap.·. et du S.·. Cons.·. des F.·. R.·. à l'O.·. de Strasbg | 3. VI. 5827. |
| ;ociant | M.·., Membre de la R.·. ▭ .·. des Amis Incorruptible des Vosges à l'O.·. de St.-Dié. | 2. XII. 5828. |
| Id. | M.·., Membre de la R.·. ▭ .·. des Vrais Amis Alsaciens à l'O.·. de Ste-Marie-a/M. | 9. II. 5830. |
| Id. | M.·., Membre de la R.·. ▭ .·. des Vrais Amis Alsaciens à l'O.·. de St.-Marie-a/M. | 9. II. 5830. |
| tre-d'hôtel | M.·., Membre de la R.·. ▭ .·. Amitié et Constance à l'O.·. de Bâle, Membre de la G.·. ▭ .·. Alpina. | 20. II. 5837. |
| | Gr.·. Insp.·. Gén.·. 33e degré, Membre du G.·. O.·. de France. | 5. IX. 5852. |

| NOMS DE | | LIEUX | QUALITÉS |
|---|---|---|---|
| FAMILLE. | BAPTÊME. | DE NAISSANCE. | CIVILES. |
| | | | **FRÈRES** |
| **III** | | | Tailleur |
| **Martin** | Henry | Mulhouse | Barbier |

| QUALITÉS MAÇONNIQUES. | DEMEURES DANS L'O.·. | DATES DE LA RÉCEPTION. |
|---|---|---|
| SERVANTS. | | |
| A.·. | Dans le local de la ▭.·. | In.·. 8. I. 5838. |
| A.·. | Place des Victoires | In.·. 3. IX. 5848. |

ADRESSE DE LA R.·. ▭

*A M.* George Zetter, *rue de Brubach, N° 2, à Mulhouse.*

www.ingramcontent.com/pod-product-compliance
Lightning Source LLC
LaVergne TN
LVHW050514160826
845677LV00003B/1125